LUNA
DE BÚHO

Jane Yolen

Ilustraciones de John Schoenherr

Traducción de Teresa Mlawer

Título original: *Owl Moon*
Publicado por acuerdo con Philomel Books, un sello de Penguin Young Readers Group, una
división de Penguin Random House LLC.; International Editors' Co. y Curtis Brown, Ltd.
Todos los derechos reservados.

La edición original de este libro, publicada en inglés en Estados Unidos por Philomel Books
en 1987, ganó la medalla Caldecott en 1988.

Primera edición: octubre de 2020

© 1987, Jane Yolen, por el texto
© 1987, John Schoenherr, por las ilustraciones
© 2020, Penguin Random House Grupo Editorial USA, LLC.
8950 SW 74th Court, Suite 2010
Miami, FL 33156
Traducción: Teresa Mlawer
Adaptación del diseño original de Nanette Stevenson: Penguin Random House Grupo Editorial

www.megustaleerenespanol.com

ISBN: 978-1-644732-42-7

Impreso en Estados Unidos – *Printed in USA*

Penguin
Random House
Grupo Editorial

*A David, mi esposo, que llevó a todos nuestros
hijos a escuchar el ulular de los búhos* –J. Y.

*A Nyssa, mi nieta, para cuando tenga edad
de ir a escuchar a los búhos* –J. S.

Fue una noche, tarde, de invierno,

pasada ya mi hora de dormir,

cuando papá y yo fuimos a escuchar el

ulular de los búhos.

No hacía viento.

Los árboles se erguían inmóviles,

como estatuas gigantes.

Y la luna tenía tal brillo

que el cielo parecía resplandecer.

A nuestras espaldas

sonó el silbato de un tren,

largo, leve,

como una melodía triste, muy triste.

Podía oírlo

a través del gorro de lana

que papá me había puesto

cubriéndome las orejas.

Un perro pastor replicó al tren,

y a continuación

otro perro.

Juntos armonizaron,

trenes y perros,

durante mucho tiempo.

Y cuando sus voces

enmudecieron,

el silencio apareció como en un sueño.

Caminamos en dirección al bosque,

papá y yo.

Bajo nuestras pisadas
crujía la nieve helada,
dejando pequeñas huellas grises
a nuestro paso.
La sombra de papá era alargada,
pero la mía era pequeña y ovalada.
A veces,
tenía que correr tras él
para poder alcanzarlo,
y mi sombra, pequeña y ovalada,
tropezaba conmigo.

Pero nunca dije nada.
Si vas a escuchar el ulular de los búhos,
tienes que guardar silencio;
por lo menos, eso dice siempre papá.

Había esperado el momento
de ir al bosque con papá
durante mucho, mucho tiempo.

Llegamos a una hilera
de oscuros pinares,
que se elevaban
en dirección al cielo,
y papá alzó la mano.
Me quedé donde estaba,
y esperé.
Él levantó la vista,
como si buscara las estrellas,
como si estudiara un mapa celestial.
La luna, en ese momento, mostró su cara
como una máscara plateada.
Entonces él llamó:
"Uhh-uhh-uhh-uhh-uhh-uhhhhhhh",
el sonido de un Gran Búho de Cuernos.
"Uhh-uhh-uhh-uhh-uhh-uhhhhhhh".

Nuevamente llamó.

Y luego otra vez.

Y a continuación

guardó silencio,

y ambos escuchamos atentos.

Pero no hubo respuesta.

Papá se encogió de hombros,

y yo me encogí de hombros.

No me desilusioné.

Mis hermanos me habían dicho

que a veces se ve un búho

y otras veces, no.

Seguimos caminando.

Podía sentir el frío

como si una mano helada

presionara mi espalda.

Y sentía la nariz

y las mejillas

frías y acaloradas

a la vez.

Pero nunca dije nada.

Si quieres escuchar el ulular de los búhos,

tienes que guardar silencio

y generar tu propio calor.

Nos adentramos en el bosque.

Las sombras

eran lo más negro

que jamás había visto.

Tiznaban la nieve blanca.

Sentía la boca lanosa,

pues la bufanda me envolvía,

húmeda y cálida.

No me atreví a preguntar

qué ocultaban

esos árboles negros

en medio de la noche.

Si quieres escuchar el ulular de los búhos,

tienes que ser valiente.

Entonces llegamos a un claro
en el bosque oscuro.
La luna estaba alta sobre nosotros.
Parecía caer
directamente
en medio del claro,
y, debajo, la nieve
era más blanca que la leche
en un tazón de cereal.

Suspiré,

y papá hizo un gesto

al escuchar mi suspiro.

Me llevé las manos abrigadas

hasta la bufanda

que cubría mi boca

y escuché atenta.

Entonces papá llamó:

"Uhh-uhh-uhh-uhh-uhh-uhhhhhhh.

Uhh-uhh-uhh-uhh-uhh-uhhhhhhh".

Me esforcé tanto por oír

y ver

que sentí dolor en las orejas

y se me nubló la vista

del frío.

Papá alzó la cara

para volver a llamar,

pero antes de que pudiera

abrir la boca,

un eco

se coló como un hilo

por entre los árboles.

"Uhh-uhh-uhh-uhh-uhh-uhhhhhhh".

Papá apenas sonrió.
Entonces respondió:
"Uhh-uhh-uhh-uhh-uhh-uhhhhhhh",
como si él
y el búho
conversaran sobre la cena
o acerca de los bosques
o de la luna
o del frío.
Aparté mis manos
de la bufanda
que cubría mi boca,
yo también a punto de sonreír.

El ulular del búho se oyó más cerca,
entre los altos árboles,
al borde del prado.
Nada se movía en el campo.
De repente,
la sombra de un búho,
parte de la sombra de un gran árbol,
despegó
y voló sobre nosotros.
Observamos en silencio,
nuestras bocas ardiendo,
el ardor de todas esas palabras
calladas.
La sombra una vez más ululó.

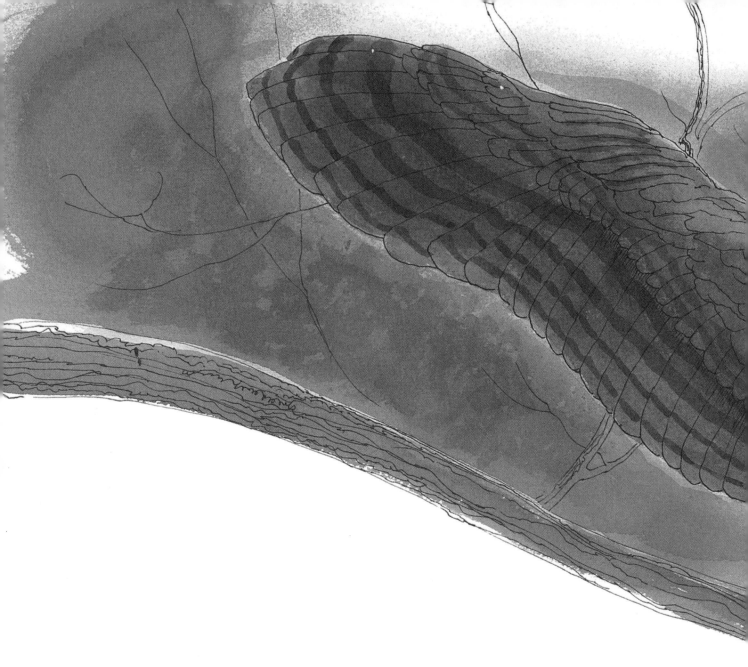

Papá encendió
la linterna grande
y pudimos ver al búho
justo cuando se posaba
en una rama.

Por un minuto,
tres minutos,
o quizá durante cien minutos,
nos miramos fijamente.

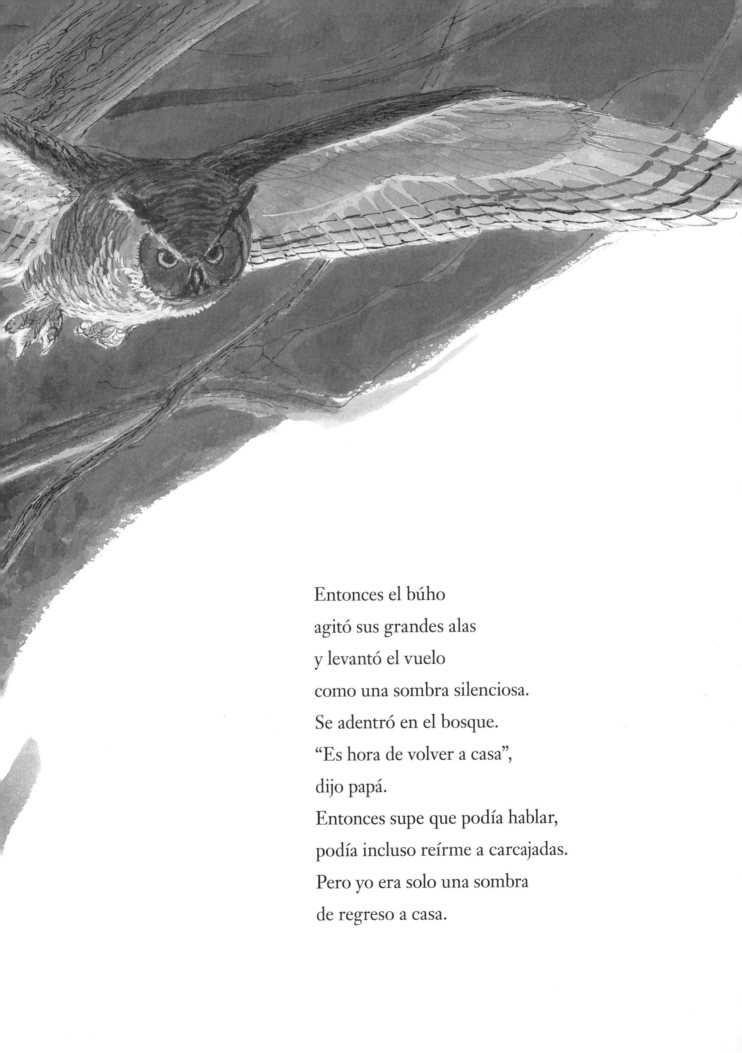

Entonces el búho
agitó sus grandes alas
y levantó el vuelo
como una sombra silenciosa.
Se adentró en el bosque.
"Es hora de volver a casa",
dijo papá.
Entonces supe que podía hablar,
podía incluso reírme a carcajadas.
Pero yo era solo una sombra
de regreso a casa.

Para escuchar el ulular de los búhos,
no hacen falta palabras
ni calor
ni otra cosa que no sea fe.
Eso es lo que dice papá.
La clase de fe
que vuela
con alas silenciosas
bajo una brillante
Luna de búho.